W0212308

MARVEL

IRON MAN 3™

™ & © 2013 MARVEL & SUBS.

Ce roman a paru en 2013 chez Marvel Press
sous le titre « Iron Man 3 »,
basé sur un scénario de Drew Pearce & Shane Black.

© Hachette Livre, 2013 pour la présente édition.

Catherine Kalengula pour la traduction.

Marie Drion pour la création graphique.

Hachette Livre, 43 Quai de Grenelle, 75015 Paris

MARVEL

IRON MAN 3™

hachette
JEUNESSE

IRON MAN

Dès qu'il enfile son armure, Tony Stark devient le célèbre justicier Iron Man. Grâce à son génie, il améliore les pouvoirs de ce corps de métal, de plus en plus performant. Ensemble, ils ne font qu'un… mais Tony pourrait-il prouver qu'il est toujours un héros, sans sa super-armure ?

ALDRICH KILLIAN

Si Killian affiche un air aussi sûr de lui, c'est qu'il dirige un projet scientifique ambitieux... qui pourrait devenir très dangereux, s'il tombait entre de mauvaises mains !
Et justement, le sérum sur lequel il travaille est convoité par un homme puissant qui, lui, préfère rester dans l'ombre...

Mes chers amis, lisez cette histoire et vous comprendrez à quel point les apparences peuvent parfois être trompeuses.

Tony Stark

La nuit de Noël est une nuit nimbée de magie. La nuit où le célèbre bonhomme vêtu de rouge descend du ciel sur son beau traîneau. Enfin, en principe.

Car ce soir, ce n'est pas le père Noël qui traverse le ciel, mais l'invincible Iron Man !

Nous sommes fin décembre et une belle nuit claire est tombée sur la ville de Rose Hill, dans le Tennessee. Aux environs, tout est calme. De la neige encore fraîche recouvre le sol gelé et seul un cerf pointe ses bois en bordure de la forêt sombre.

Il n'y a personne pour remarquer cette étrange étoile, qui semble briller de plus en plus fort. Certains, en jetant un coup d'œil à l'extérieur ce soir-là, pourraient croire qu'il s'agit de l'étoile de Bethléem…

Mais voilà que l'étoile se met à bouger. L'instant d'après, elle fend le ciel à vitesse grand V en hurlant. Oui, en hurlant !

Bien sûr, cette « étoile » n'en est pas vraiment une. C'est Tony Stark, qui a perdu le contrôle de sa dernière armure en date, la Mark XLII, sérieusement endommagée.

Et s'il ne parvient pas à en reprendre rapidement les rênes, il ne va pas tarder à s'écraser au beau milieu de la campagne du Tennessee !

Premier objectif : sauver son armure… ou plutôt, sauver sa peau ! Déployant des trésors de self-control, Tony tente de négocier un atterrissage en douceur sur le manteau neigeux. Peine perdue : il tombe brutalement sur la route, dans un vacarme assourdissant. Son armure crisse contre le bitume en dégageant un nuage d'étincelles, avant de rebondir pour repartir les airs. Après avoir abattu quelques arbres au passage et dérapé dans la neige à flanc de coteau, il achève sa course dans la forêt.

Sagement, le cerf préfère fuir toute cette agitation. Tony se retrouve parfaitement seul, et incapable de bouger. Un épais filet d'huile noire s'écoule de son armure, souillant la neige immaculée. Tony sait d'expérience que ce n'est pas bon signe…

Prisonnier de son carcan de métal, il scrute le ciel, mais il ne perçoit rien d'autre que le silence, sinistre.

Alors, puisqu'il n'y a rien d'autre à faire, le super-héros se met à réfléchir aux derniers évènements.

L'attaque surprise sur sa villa de Malibu, la violence des explosions qui paraissaient ne jamais vouloir s'arrêter. Tony se souvient avoir bondi dans son armure, prêt à combattre, avant de comprendre que l'unique moyen de s'en sortir était… la fuite !

Et le voici désormais, perdu au milieu de nulle part, allongé de force dans la neige, dans son armure inutilisable. De toute évidence, Iron Man a connu des jours meilleurs !

De fil en aiguille, Tony remonte le cours de ses souvenirs, et cherche à déterminer comment tout cela a commencé. Il ferme les yeux.

Aussi intelligent que tu sois, se dit-il, *rien de ce que tu fabriques n'est incassable.* D'ailleurs, comme pour lui donner raison, l'alimentation de son armure chute brutalement à 1 %.

Dire que cette nuit de Noël est censée être la plus belle de l'année ! Tony laisse échapper un soupir. En vérité, ce soir, il est tout, sauf heureux. Il a le cœur brisé.

Soudain, il croit mettre le doigt sur ce qu'il cherche depuis tout à l'heure, c'est à dire le moment précis où toute cette histoire a débuté…

Long Island, New York, 1980.

Contrairement à de nombreux garçons de son âge, Tony connaît une enfance aisée. Il vit dans une magnifique propriété, entouré d'une armée de majordomes et de domestiques, qui constituent souvent ses seuls amis et le protègent du monde extérieur, comme une première « armure ».

Mais Tony n'est pas seulement un enfant gâté, il est aussi très intelligent. Pour s'en rendre compte, il suffit de compter le nombre de prix et de médailles de sciences qu'il a fièrement exposés dans sa chambre. À sept ans, il est déjà bien plus futé et créatif que la plupart des enfants deux fois plus âgés que lui.

Toutefois, et quels que soient ses efforts, il existe une personne qui sera toujours plus intelligente que lui : son père. Et Tony doit apprendre à grandir dans son ombre écrasante.

Howard Stark est un milliardaire devenu célèbre dans le monde entier grâce à ses inventions innovantes. Il a fondé les Industries qui portent son nom et a participé au programme top secret qui a créé le célèbre Captain America. D'ailleurs, il a également conçu son bouclier emblématique peint aux couleurs de l'Amérique.

Avec un père aussi extraordinaire, Tony a du travail pour se montrer à la hauteur…

Mais ce n'est pas le cas avec sa mère. Maria Stark est une femme gentille et douce qui le couve d'un amour inconditionnel. Au fond de lui, Tony sait qu'elle s'évertue à lui offrir une enfance la plus normale possible. Aussi, pour la remercier, il n'a qu'un seul désir : la faire sourire.

Un jour, alors qu'elle est sur le point de partir en voiture, Tony tend la main. Celle-ci brille comme s'il s'apprêtait à envoyer un faisceau répulseur. Mais le jeune Tony ne porte ni armure, ni gant ultrasophistiqué. Il n'est pas encore Iron Man, il est juste un petit garçon qui cherche par tous les moyens à distraire sa mère.

Il ouvre sa main, libérant une poignée de lucioles qui s'envolent au loin.

Ce jour-là, Tony n'invente rien d'incroyable, aucune source d'énergie révolutionnaire, ni de rayon surpuissant. Il a juste réussi à éclairer le visage de sa mère, et ça vaut pour lui toutes les inventions du monde.

Des années plus tard, lorsqu'elle décède, Tony se retrouve seul avec son père. Celui-ci lui enseigne son savoir, mais aucune idée, la plus brillante soit-elle, aucun projet, ne peut jamais compenser le manque d'amour maternel…

À cet instant, le Tony étendu dans la neige sourit en se remémorant celle qui a adouci son enfance.

Mais ce n'est pas véritablement là que l'histoire commence, pense-t-il en soulevant légèrement la tête.

Autour de lui, il fait de plus en plus froid et la neige a recommencé à tomber, s'accumulant sur son armure. Pourtant, Tony n'est pas encore décidé à bouger. Au contraire, il clôt de nouveau les paupières pour laisser vagabonder ses pensées. Celles-ci l'emmènent vers une autre femme, bien différente de sa mère. Une amie de longue date qui a surgi dans sa villa quelques heures plus tôt, juste avant l'attaque.

Son nom est Maya Hansen et elle est scientifique. Tony se rappelle leur première rencontre. C'était le soir de la Saint-Sylvestre, la veille du troisième millénaire. Il se trouvait en Suisse, accompagné de son fidèle garde du corps et chauffeur, Happy Hogan.

Minuit allait bientôt sonner…

Tony se souvient de l'homme qu'il était à l'époque. Un génie milliardaire, qui faisait passer son propre intérêt bien avant celui des autres…

Sommet technologique du millénaire, Bern, Suisse, 1999.

Trois adjectifs pour qualifier le Tony de 1999 ? Séducteur, riche et arrogant. À la mort de son père, il a repris la direction des Industries Stark, dorénavant spécialisées dans la création d'armes de technologie de pointe pour le compte de l'armée américaine. Un commerce des plus juteux !

Mais ce soir-là, Tony pense davantage à s'amuser qu'à ses affaires.

Il vient tout juste de prononcer un discours et compte maintenant profiter du cocktail donné dans l'hôtel. Après tout, cette soirée du premier de l'an est un peu spéciale : son ami Happy prétend qu'à minuit pile, tout le système informatique mondial arrêtera de fonctionner !

Tony n'y croit pas, mais ça ne l'empêche pas d'être ravi à l'idée de se rapprocher du troisième millénaire. Comment rendre cette soirée mémorable ? Il passe la foule d'invités en revue. Cette jeune scientifique, à l'autre bout de la salle, est vraiment belle... La voilà, la réponse à sa question ! Il se fraye un passage à travers les convives pour aller à sa rencontre.

Après les présentations d'usage, il se lance dans le récit de son souvenir d'enfance avec sa mère, celui avec les lucioles...

— Ma mère ne souriait pas beaucoup... explique Tony.

— Sérieusement ? commente la jeune femme, incrédule.

— Hé, c'est mal élevé de couper la parole, répond Tony, sans se démonter.

— Franchement, « Le sourire de ma mère disparue est tout ce que j'aimerais retrouver » est sans doute le baratin le plus minable que j'aie jamais entendu.

— Ma mère est morte dans la voiture qu'elle prenait ce soir-là, répond Tony.

La belle scientifique, dont le badge indique qu'elle s'appelle Maya Hansen, prend un air horrifié. Elle se dit sûrement qu'elle aurait mieux fait de se taire. Happy Hogan, qui est toujours dans les parages, intervient dans la conversation pour rétablir la vérité.

— Oui, mais seulement onze ans plus tard.

Visiblement soulagée, Maya lève les yeux au ciel, avant d'éclater de rire. Tony lui offre son sourire le plus charmeur – celui qui, en principe, fait chavirer les femmes. Sur son badge à lui, on peut lire la « modeste » inscription : « Vous savez qui je suis ». Une idée derrière la tête, il demande à Maya s'il peut voir les recherches sur lesquelles elle travaille.

— Vous voulez dire, les recherches qui se trouvent dans ma chambre d'hôtel ?

demande Maya en haussant les épaules. Entre nous, je ne sais pas trop quoi en penser…

— Laissez-moi vous aider à le définir. Vous vous sentez… excitée ?

— Vous êtes un marchand sans scrupule doublé d'un meurtrier de masse, lui rétorque Maya, en référence à son commerce d'armes.

— Voyons, qui a dit que nous devions y aller seuls ? réplique Tony, avec un sourire filou.

En conduisant Maya et Happy vers l'ascenseur, il croise le chemin du Pr Wu, un scientifique chinois qui a assisté à la conférence. Puis, alors qu'ils pénètrent ensemble dans la cabine, un jeune homme fluet s'aidant d'une canne leur tend la main. Il est vêtu d'un tee-shirt où on peut lire les trois lettres « A.I.M. »

— Hé, qu'est-ce qu'il se passe ? Nous sommes en 1999, éclatons-nous ! leur dit-il avec enthousiasme.

Comme il n'obtient aucune réaction, il brandit de nouveau sa main et se présente :

— Aldrich Killian. Grand admirateur de votre travail.

— Vous connaissez mon travail ? s'étonne Maya.

— Il voulait parler du mien, suppose Tony, avec son « humilité » habituelle.

— En réalité, Maya Hansen, mon organisation suit vos recherches depuis votre seconde année à l'université du Massachussetts. Auriez-vous tous les deux un instant à m'accorder… ?

N'ayant aucune intention de laisser ce gringalet s'incruster dans « sa » soirée, Tony cherche un moyen de se débarrasser de lui. Heureusement, Happy se charge d'endosser le mauvais rôle.

— Vous allez à quel étage, mon vieux ?

— Ah, excellente question. Je vais au rez-de-chaussée.

Le jeune homme leur donne à chacun une carte de visite portant le logo : « Advanced Idea Mechanics ».

— A.I.M., pour faire court, précise-t-il en désignant son tee-shirt. J'ai une proposition pour vous. Un laboratoire d'idées financé grâce à des fonds privés…

Mais Tony en a assez entendu. Il lui rend sa carte, juste après avoir griffonné dessus sa propre interprétation du sigle A.I.M. – avec le mot « Imbéciles » pour la lettre « I » !

— Monsieur Killian, je suis milliardaire et je vous en conjure : allez vous financer vous-même !

Même si elle a bien du mal à étouffer son rire, Maya semble quant à elle intriguée par l'offre du jeune homme.

— Ça a l'air intéressant. Je suis libre pour le petit déjeuner.

Enfin seuls ! se dit Tony. Assis à côté de Maya, dans sa chambre, il a les yeux rivés sur un écran d'ordinateur où défile une présentation du projet de la jeune femme.

— Ouahou ! C'est incroyable ! s'écrie-t-il, sincèrement épaté. Donc, vous stimulez le fonctionnement du système génétique ?

— Effectivement. J'oriente différemment l'énergie.

L'image montre une banale plante d'intérieur, dont l'unique particularité est d'être accrochée à un tube. Celui-ci lui délivre une sorte de liquide « fortifiant »: une recette hautement perfectionnée concoctée par Maya.

— Vraiment très impressionnant. Je pense qu'il y aura de nombreuses applications possibles, y compris sur les humains.

— Exactement ! Prévention des famines, et même – qui sait ? – repousse de bras ou de jambes, explique fièrement Maya.

Dans la chambre voisine, Happy écoute avec angoisse les fêtards décompter les secondes restantes jusqu'à minuit, l'heure fatidique... Il voit d'ici la catastrophe arriver. Plus de système informatique... ce serait la fin du monde ! Quelle horreur ! Il doit absolument penser à autre chose. En fidèle assistant, il se faufile dans la chambre de Maya, y dépose deux coupes et une bouteille de champagne millésimé, ni vu, ni connu, avant de retourner d'où il vient.

Autant célébrer la fin du monde avec style, non ?

Voilà, le moment est venu. Le cœur de Happy bat au rythme des secondes… Minuit !

Rien ne se produit. Aucun bug informatique, aucun chaos. Juste une petite explosion près de lui. Happy se retourne et découvre sur le mur, la silhouette carbonisée de ce qui a dû être une plante d'intérieur. Bizarre, quand même ! Il préfère s'en aller sans demander son reste...

De leur côté, Maya et Tony sont à mille lieues de s'inquiéter. Minuit est pour eux l'occasion de s'embrasser tendrement. Presque malgré lui, le brillant cerveau de Tony continue de fonctionner. Le génial inventeur réfléchit aux recherches et aux calculs de Maya.

— Je ne suis pas un expert, lui dit-il soudain, mais je pense qu'il y a un problème dans l'algorithme télomérase.

— Comment est-ce que j'ai pu rater ça ? s'exclame la jeune scientifique en comprenant l'erreur de sa recherche, sidérée.

Après cet interlude, ils reprennent leur baiser de minuit, bercés par la musique des feux d'artifice…

L'esprit de Tony revient lentement dans le moment présent, passant de la Suisse à un coin perdu du Tennessee, des bras chauds de Maya à la froideur mordante de la neige. Il ne regrette pas un seul instant le Tony de l'époque. Aujourd'hui, il est un autre homme, qui œuvre pour le bien sous l'armure d'Iron Man.

Pourtant, quelques jours plus tôt, il s'escrimait encore à racheter les fautes de l'ancien Tony, ce marchand d'armes obsédé par le profit.

Quelques jours plus tôt, l'invincible Iron Man effectuait une mission de routine, qui allait radicalement changer sa vie…

3

Une vague de détonations secoue le désert afghan. Pourtant, il n'y a pour le moment aucun combat dans la région. Seulement Iron Man qui débarrasse le sol des mines vendues par l'ancien Tony, ce gars séducteur, riche et arrogant, qui ne pensait pas aux conséquences de ses actes, mais plutôt à amasser des milliards !

Bientôt, l'endroit sera plus sûr. Tony Stark pourra se féliciter d'avoir tenu sa promesse,

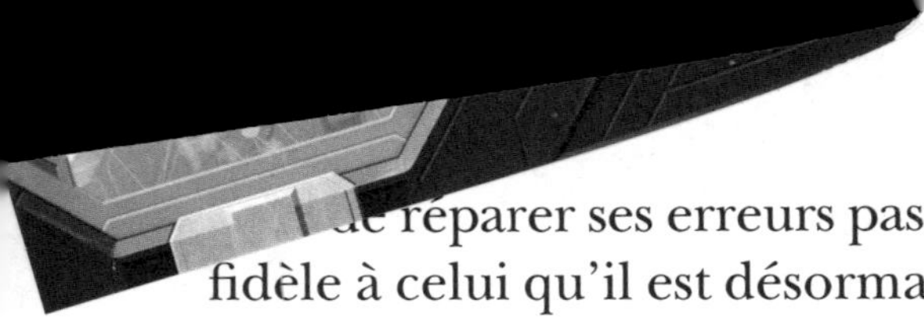

de réparer ses erreurs passées et d'être fidèle à celui qu'il est désormais : un super-héros.

Iron Man continue d'arpenter le désert à la recherche des dernières mines. Lorsqu'il en trouve une, il projette un faisceau d'énergie sur l'engin et le soulève à distance dans les airs. Puis, il le fait exploser à l'intérieur de ce champ de force qui l'entoure, complètement hermétique. Presque trop facile.

— Ça fait mille cent six, monsieur. Encore trois, indique Jarvis, le super ordinateur de Tony, à son oreille.

Tony déniche sans peine les trois mines restantes et les réduit en fumée, avec la même aisance que les précédentes. Sa mission de « nettoyage » enfin terminée, il peut soulever son casque pour scruter tranquillement les environs, avec la satisfaction du devoir accompli. Mais son répit est de courte durée ! Une série d'explosions résonnent au loin, près de la frontière.

Il est temps pour Iron Man de passer à l'action !

Tandis que le soleil se lève à l'horizon, le super-héros file vers le lieu des explosions. En arrivant sur place, il est témoin d'un violent échange de tirs entre des insurgés et des soldats américains. Les militaires, en sous-nombre, tentent de pénétrer à l'intérieur d'un repaire, solidement gardé, mais ils paraissent en très mauvaise posture !

Iron Man atterrit au milieu des débris et s'approche d'un soldat, qui soupire de soulagement en l'apercevant. Tony soulève son casque pour lui parler face-à-face, et déchiffrer son nom sur son uniforme.

— Dites-moi, caporal Lance Batters, quelle est la mission ?

— Capturer l'ennemi et sécuriser la zone, répond Batters. Les insurgés disposent d'une sorte de souterrain à l'intérieur.

— Et qu'y-a-t-il dans cette cave ?

— Ça, personne ne le sait.

— Donc, c'est votre cible, parce que... ? demande Tony, complètement perdu.

— Parce qu'ils la protègent.

— Et alors, vous avez vraiment besoin de faire ça ?

— Sur un plan militaire, monsieur, j'ignore sincèrement pourquoi. Mais en ce qui me concerne, j'ai un bébé de six mois que je n'ai pas encore vu, et si je sécurise ce souterrain, je serais peut-être autorisé à le voir à Noël.

Tony est touché par la détresse du soldat, et n'a plus qu'un désir : lui venir en aide, à lui, ainsi qu'au reste des troupes. Il baisse sa visière : Iron Man est prêt à combattre ! Il avance vers la barricade, sûr de lui, mais le caporal se met à hurler :

— Attention monsieur, il y a un sniper !

Trop tard ! Iron Man est assailli par des tirs provenant de trois directions différentes. *Ping ! Ping ! Ping !* Les balles ricochent sur le métal, sans blesser Tony… mais elles décuplent sa rage !

Il ordonne aussitôt à Jarvis de localiser les tireurs cachés. En moins de trois secondes, le super ordinateur les repère. Iron Man n'a plus qu'à tendre le bras et lancer trois minuscules missiles qui mettent ses ennemis hors d'état de nuire, avant de continuer son chemin, plus résolu que jamais à aider les soldats.

Le problème, c'est que les rebelles sont tout aussi déterminés ! Un groupe de dix hommes ouvre le feu sur lui, en même temps. Pour Iron Man, aucun problème : il a la réponse appropriée ! Il envoie un émetteur thermique qui réduit instantanément en miettes les munitions de ses assaillants. Les insurgés lâchent leurs armes devenues inutiles et, se sentant sans doute impuissants face au super-héros, décident de battre en retraite.

Iron Man peut pénétrer dans le repaire déserté, suivi par les militaires américains. Dans une nouvelle explosion, le dernier obstacle qui leur fermait l'entrée de la cave, une solide porte en acier, finit par sauter. S'attendant à découvrir quelque chose d'important, Tony et les soldats s'engouffrent prudemment dans le souterrain, prêts à se battre.

Mais là, c'est la stupeur générale ! Il n'y a aucun trésor dans la cave, ni aucune arme de destruction massive. Pas davantage de plans top secrets ou de chef de la rébellion, comme l'avait supposé Tony.

La pièce a tout d'une salle de cinéma, avec un écran dans le fond, et des sièges confortables, garnis de seaux de pop-corn. On se croirait presque aux États-Unis !

— Quelqu'un peut-il m'expliquer ce que je suis en train de regarder, là ? demande Tony.

Repérant une télécommande, un colonel demande à un technicien de la lui apporter, puis il se retourne sur Iron Man.

— Monsieur, j'ai de la famille à New York, et nous vous sommes tous extrêmement reconnaissants pour ce que vous avez fait là-bas, dit le colonel, qui se souvient de la façon dont Iron Man et les Avengers ont sauvé la ville de l'assaut de Loki et de son armée. Mais dans le cas présent, cela ne vous concerne pas.

Ces paroles sonnent comme un ordre et, sans attendre la réponse de Tony, le colonel fait signe au technicien d'actionner la télécommande. L'écran clignote, puis des images défilent, sous les regards médusés des « spectateurs ».

Et quelles images !

C'est un bombardement furieux de symboles américains, suivi d'une séquence montrant diverses attaques terroristes à travers le monde. Puis, un grand dragon chinois envahit l'écran.

Au bout de quelques instants, le dragon devient une silhouette encapuchonnée, affalée sur un trône outrageusement luxueux. Devant lui sont agenouillés des soldats américains, de toute évidence des prisonniers qu'il a pris en otages.

Le sang de Tony bouillonne dans ses veines.

La silhouette commence à parler, en s'adressant au président des États-Unis :

— Ah, président Ellis, vous continuez de résister à mes tentatives pour vous éduquer, et maintenant, vous en êtes réduit à détruire un parfait petit repaire dans l'espoir de me trouver ! Mais peu importe, la leçon du jour porte sur la responsabilité...

L'homme se penche en avant, une lueur démoniaque dans les yeux.

— Question : connaissez-vous les noms des soldats de l'US Air Force qui sont postés au Koweït ? Parce que je peux affirmer qu'après mon attaque vous les connaîtrez.

Sitôt ces mots prononcés, l'écran s'éteint. Hors de lui, le colonel aboie des ordres à ses soldats, qui les exécutent sur le champ.

— D'accord, mon gaillard, tu as toute mon attention, murmure Tony vers l'écran.

En refermant sa visière d'un coup sec, il se jure de stopper cet homme, coûte que coûte.

Mais la bataille la plus dangereuse menée par Iron Man ne fait que commencer...

Debout sur un podium, le président Ellis donne une conférence de presse. Il n'a plus le choix : le terroriste de la vidéo, qui se fait appeler « le Mandarin », a hélas tenu parole et a bombardé la base de l'armée de l'air située au Koweït. Mais le président n'a aucune intention de supporter d'autres attaques de ce genre et il veut le faire savoir à la population américaine.

— Mes chers compatriotes, commence-t-il, quand j'ai pris mes fonctions, j'ai juré de protéger les États-Unis, à tout prix. Après la récente attaque, et pour prévenir tout nouvel acte terroriste sur notre territoire ou à l'étranger, j'ai nommé le lieutenant-colonel James Rhodes en tant que nouvel Iron Patriot !

Sur ces mots, Rhodey apparaît sur la scène. Il ne porte pas un banal uniforme militaire bleu, ni même l'armure grise de la Machine de Guerre avec laquelle il a précédemment secondé Iron Man. L'armure qu'il a endossée ce jour-là a été peinte aux couleurs de l'Amérique, comme en hommage à Captain America. Un vibrant symbole d'espoir et de force pour tout un peuple.

Les flashs des photographes crépitent, tandis que le président poursuit son discours en expliquant qu'Iron Patriot est leur meilleure arme de défense.

Dissimulé par son casque, Rhodey sourit. C'est maintenant lui, le super-héros de l'Amérique.

Quelque part à Malibu, telle une armée, une rangée d'énormes motos se dresse devant un bar-grill. Et à l'extrémité de cette brochette d'engins rutilants se trouvent deux machines encore plus impressionnantes : les armures d'Iron Man et d'Iron Patriot !

Les deux armures, parfaitement droites, semblent garder à la fois les motos et le restaurant, tandis qu'à l'intérieur deux vieux amis discutent à cœur ouvert…

— Mon armure est bien plus cool que la tienne, fanfaronne Rhodey devant Tony. Elle a un petit quelque chose du cascadeur Evel Knievel.

— Qui connait encore Evel Knievel ? rétorque Tony. Il serait temps de mettre tes références à jour !

Très vite, ils passent à des sujets autrement plus sérieux.

— La vérité, c'est que le Pentagone a la trouille, avoue Rhodey.

— Donc, arrêter le Mandarin, ce ne sont pas les affaires d'un super-héros, c'est ça ? demande Tony.

— Ce sont les affaires des États-Unis. Alors, si je dois devenir Iron Patriot, c'est ce que je ferais.

— C'est si facile pour toi… murmure Tony.

Rhodey continue de lui expliquer pourquoi cette fois, c'est à lui, un soldat, d'agir pour son pays, et non pas à un super-héros en armure, certes populaire, mais inutile pour cette mission. Cependant, Tony ne l'écoute plus. Il se sent soudain très mal. Son cœur accélère et, une main cramponnée à sa poitrine, il sort du restaurant en titubant, avant de parvenir tant bien que mal à se glisser dans son armure.

Jarvis procède à un examen aussi complet qu'ultra rapide du corps de Tony.

— Aucun signe de problème cardiaque, déclare l'ordinateur. Voici mon diagnostic : vous êtes victime d'une grosse crise de panique.

Tony ferme les yeux pour rassembler ses pensées et tenter de comprendre d'où lui vient cette angoisse.

— Je sais ce que j'ai à faire.

Un instant plus tard, activant ses fusées, Iron Man se propulse à travers le ciel, sous les applaudissements des badauds.

— Jarvis, rentrons à l'atelier. Je dois terminer ma nouvelle armure le plus vite possible.

— Et votre rendez-vous de ce soir ?

Mais l'ordinateur n'obtient pas de réponse…

Dans l'immeuble des Industries Stark, Happy Hogan et Pepper Potts longent ensemble un couloir. L'assistante de Tony parle au garde du corps de son prochain rendez-vous avec un homme d'affaires. Elle n'a pas l'air très enthousiaste à cette idée !

— Killian n'est pas dangereux, commente Pepper, plutôt assez minable…

Mais à peine a-t-elle prononcé ces mots qu'elle tombe nez à nez avec… Aldrich

Killian. Au début, Happy peine à reconnaître le jeune homme qui vient d'entrer. En effet, Aldrich n'a plus grand-chose à voir avec le gringalet qu'il avait rencontré dans un ascenseur, en Suisse, des années auparavant. Oubliées la canne et la silhouette frêle : Killian est désormais un homme musclé, qui déambule avec assurance, et sans aucun soutien. Une vraie métamorphose. Happy n'en revient pas.

— Pepper ! s'écrie Killian, en souriant. Vous êtes superbe, vraiment.

Maintenant, la jeune femme ne peut plus se dérober…

Pendant ce temps, dans sa villa, Tony, Jarvis et le robot E-Dum de Tony mettent au point la nouvelle armure Mark XLII. Le génial inventeur a travaillé d'arrache-pied au calibrage de toutes les pièces

éparpillées sur l'établi. Maintenant, le moment est enfin venu de passer aux tests !

— Nous y sommes ! décrète Tony.

Grâce aux implants miniatures incrustés sous sa peau, Tony espère pouvoir contrôler son armure à distance, uniquement par la force de la pensée…

Premier essai. Il appelle les pièces, mais rien ne se passe.

Loin de se décourager, il recommence, puis attend. Alors, comme par magie, chaque pièce se met à léviter... avant de foncer droit sur Tony ! De plus en plus vite, elles se plaquent contre lui, jusqu'à reformer entièrement la nouvelle armure d'Iron Man.

La dernière pièce, le masque, arrive à cent soixante kilomètres heure ! Tony exécute une pirouette arrière afin que la pièce se place juste à temps sur son visage.

Bon, la nouvelle armure fonctionne, même si elle n'est pas exactement conforme à ce que Tony souhaitait. Il va devoir se remettre au travail !

Alors que Tony peaufine sa dernière armure, un surprenant rendez-vous a lieu dans la salle de conférences des Industries Stark. Aldrich Killian expose à Pepper les raisons pour lesquelles les Industries Stark devraient investir dans son entreprise A.I.M. et ses nouvelles technologies. Mais Pepper a du mal à se laisser convaincre. Quand elle demande

davantage de précisions, la réponse de Killian est plutôt vague.

— Vous investirez dans le futur, se contente-t-il d'expliquer avec un mystérieux sourire.

C'est largement insuffisant pour Pepper, qui veut en savoir plus. Alors, Killian se lève et fait rouler une bille sur la table. Soudain, la bille émet un *« bip »*, et ils se retrouvent enveloppés par un hologramme géant représentant des constellations. Celles-ci se transforment aussitôt en l'image d'un cerveau humain – plus précisément, celui de Killian.

Pour le prouver, il saisit la main de Pepper et l'incite à lui pincer la peau. Killian étouffe un discret « Aïe », tandis qu'une lueur rouge apparaît à un endroit de l'hologramme.

La jeune femme a conscience que Killian a trouvé quelque chose d'important, mais elle se demande à quoi cela va lui servir. Killian désactive l'hologramme.

— Imaginez ! Si l'on pouvait… sauvegarder le disque dur d'un organisme vivant ? Reprogrammer l'A.D.N. ?

Toujours indécise, Pepper préfère décliner poliment son offre, et penser à son rendez-vous prévu pour le soir…

À l'extérieur de la salle, Happy épie un homme costaud et louche qui semble attendre Killian. Soupçonneux, il le suit jusqu'au parking et le retrouve, assis sur le capot de la voiture de Pepper, en train de discuter avec un individu à l'allure débraillée. Caché, Happy tend l'oreille. Il apprend que l'homme débraillé s'appelle Taggart et l'entend dire qu'il a besoin de plus de « carburant ». L'autre, qui se nomme Savin, lui répond qu'il est trop tôt et qu'il n'aurait jamais dû le contacter dans cet endroit.

Happy se demande ce que tout cela signifie, mais son instinct lui souffle que quelque chose de grave est en train de se tramer. Et il est bien décidé à découvrir ce que c'est !

Un peu plus tard, Pepper arrive dans la villa de Tony, où elle est accueillie par Iron Man ! Attentive, Pepper se rend immédiatement compte que l'armure qu'il porte n'est pas celle de d'habitude. Elle va se mettre en colère contre Tony qui, selon elle, crée trop d'armures, quand quelque chose attire son attention. Une chose, grande, brune, et crépue, qu'elle repère du coin de l'œil.

C'est un lapin en peluche de plus de trois mètres de haut, décoré d'un ruban ! Un cadeau… Elle ne peut s'empêcher de sourire.

Adoucie, elle demande à Tony de bien vouloir sortir de son armure. Mais quand Tony refuse, Pepper comprend tout ! Elle descend l'escalier menant au poste de travail et trouve Tony devant ses nombreux écrans. Il contrôle son armure à distance.

Mais ce qui irrite le plus Pepper, ce sont les vidéos qu'il est en train de regarder. Sur chacune d'elle, le premier rôle est tenu par la même « star » : le Mandarin !

Savin, l'homme de main d'Aldrich Killian, se trouve devant le célèbre théâtre chinois de Hollywood. Il est minuit, et son rendez-vous avec Taggart est sur le point de commencer.

Après avoir échangé quelques mots avec lui, il dépose une mallette sur le sol.

Happy n'a pas perdu une miette de la scène et il attend patiemment le départ de Savin pour sortir de l'ombre. Il s'approche sans bruit de Taggart, puis le bouscule, comme par accident. Surpris, Taggart lâche sa mallette qui s'ouvre en grand sous l'impact.

À l'intérieur, un inhalateur argenté laisse échapper une étrange bouffée de fumée noire. Pour Happy, il n'y a aucun doute : ce n'est pas un banal inhalateur. Mais alors qu'il lève les yeux, il sent quelqu'un le pousser en avant. Savin est revenu ! L'instant d'après, les deux hommes en viennent aux mains.

Savin ignore que Happy est un ancien boxeur : d'un coup expert, Happy lui brise le nez dans un gros craquement. Content de lui, le garde du corps se dit qu'il n'a pas trop perdu la main. Mais il n'a pas le temps de savourer sa victoire car, presque aussitôt, le nez de Savin guérit miraculeusement sous ses yeux !

Soudain, un hurlement terrible retentit. Harry se retourne en direction de Taggart. Couché à terre, l'homme est pris de violentes convulsions. Happy en déduit qu'il est victime d'une surdose de la « fumée noire » qu'il a dû inhaler...

Pendant une seconde, Taggart se tait, les yeux écarquillés. Puis… son corps explose ! Par réflexe, Happy lève les bras pour se protéger du choc. En vain. Il est emporté comme un fétu de paille par le souffle de l'explosion.

Étendu à terre, Happy parvient pendant un moment à garder les yeux ouverts, juste assez longtemps pour apercevoir Savin s'en aller. Il est également blessé, mais son corps se régénère à une vitesse ahurissante.

Des passants accourent pour secourir les victimes, mais Savin, complètement guéri, a déjà disparu…

En apprenant la nouvelle, Iron Man se précipite à l'hôpital où est soigné son ami, gravement brûlé.

Mort d'inquiétude, il se rend à l'unité de soins intensifs, et demande à Jarvis d'examiner le corps de Happy, sans se préoccuper des infirmières mécontentes. Tony est prêt à tout pour sauver son ami le plus cher, y compris à financer un nouveau bâtiment pour l'hôpital s'il le faut ! Peine perdue. Les médecins lui demandent simplement de s'écarter du lit pour les laisser faire leur travail.

Tony obéit à contrecœur, mais juste avant de quitter Happy, il remarque qu'il tient un objet dans sa main. Ce sont des plaques militaires. Celles de Taggart.

À l'extérieur de l'hôpital, Tony est immédiatement assailli par les paparazzis et les journalistes.

— Monsieur Stark, des sources prétendent qu'il s'agit d'une nouvelle attaque du Mandarin. Votre réaction ?

Tony est excédé.

— Ma réaction… Happy Hogan m'a protégé durant toute ma vie, et il est mon meilleur ami. J'aurais pu le protéger à mon tour, si je n'avais pas eu les mains liées par le gouvernement. Mais à partir de cette nuit, c'est terminé !

Les yeux rivés sur la caméra, il s'adresse ensuite à l'homme qui terrorise le monde entier. L'homme qui a envoyé son ami Happy dans un lit d'hôpital.

— Mandarin, si tu veux te battre, je suis ton homme. Parce que je vais m'occuper de toi, alors soit tu commences à courir, soit tu viens jouer ! Voici mon adresse : 10880 Malibu Point. Je t'attends.

Dès le lendemain, le Mandarin fait diffuser un nouveau message vidéo. Comme la première fois, il est assis sur son trône royal, dans un repaire sombre. Un tas de « biscuits de la chance » est disposé à côté de lui.

Il en ouvre un et lit le message qu'il contient.

— « Au secours, je suis retenu prisonnier dans une boulangerie chinoise. »

Le Mandarin roule les yeux, trouvant sans doute la blague mauvaise. Puis, il jette le message et ouvre un autre biscuit.

— Ah, en voici un meilleur : « Vous devez absolument anéantir Iron Man. » Ouahou ! Voilà qui est précis.

Il décoche un sourire machiavélique et se penche vers la caméra.

— Il y un truc amusant à propos de ces biscuits. Ils ont l'air tout à fait chinois, et pourtant, ils ont été inventés par des Américains. Encore un exemple de toute votre propagande insensée !

Il achève son discours par un dernier sourire mauvais.

— Méfiez-vous du Monstre Biscuit !

Dans sa maison de Malibu, Tony visionne le film à la recherche d'indices sur les intentions du Mandarin. Pas facile ! En effet, le Mandarin est un nom qui sonne on ne peut plus chinois, mais il utilise des techniques de guérillas sud-américaines… et parle comme un pasteur du centre-ouest des États-Unis !

Décontenancé, Tony lance une autre vidéo, celle de l'attaque sur le théâtre, à Hollywood. Il la regarde, encore et encore, jusqu'à mettre le doigt sur quelque chose d'intrigant.

— Aucun débris de bombe n'a été retrouvé à cinq kilomètres à la ronde. Dis-moi Jarvis, quand est-ce qu'une bombe n'est pas une bombe ?

Mais avant que Jarvis ait pu répondre, la sonnette de l'entrée retentit. Tony va ouvrir. Lorsqu'il aperçoit celle qui se tient de l'autre côté de la porte, il a du mal à en croire ses yeux. Ça fait si longtemps…

— Hum… Maya.

Tony essaye d'avoir l'air détaché, malgré le regard effrayé de la jeune femme.

— Tu te souviens de moi. C'est déjà un bon point de départ, dit Maya, visiblement soulagée. Je... euh, je dois te parler. En privé.

À l'intérieur, Maya se retrouve nez-à-nez avec Pepper Potts, qui désire savoir ce qu'elle veut. Alors que Tony commence à lui expliquer qui est son hôte, Maya désigne un écran.

Celui-ci montre la villa de Tony. On y voit un point rouge qui s'en approche de plus en plus.

— Qu'est-ce que c'est ? demande Maya.

Tony se retourne pour jeter un coup d'œil à l'écran. Il sait parfaitement ce qu'est ce point rouge. C'est un gros problème qui fonce droit sur eux !

— Baissez-vous !

BOUM ! Le point rouge – c'est-à-dire un missile ! – frappe la luxueuse villa de Tony, dans un grondement de tonnerre, projetant Tony, Maya et Pepper sur le sol.

Au milieu de la fumée, Tony appelle sa nouvelle armure, mais au lieu de lui demander de venir à lui, il lui ordonne d'aller envelopper Pepper. À Hollywood, Happy avait besoin de lui et il n'était pas là. Ça ne se reproduira pas. Un peu surprise, Pepper voit l'armure arriver, puis se plaquer contre elle. Juste à temps ! Un instant plus tard, une nouvelle déflagration l'envoie contre un mur.

À travers une large brèche, Tony observe le ciel, au-dessus de la villa. Sous ses yeux ahuris, d'inoffensifs hélicoptères de télévision se transforment en engins de combat, équipés de mitrailleuses et de lance-roquettes ! Voilà qui n'augure rien de bon !

Tony hurle à Pepper de se mettre, elle et Maya, à l'abri.

Pepper n'a pas le loisir d'apprécier les nombreux avantages de son armure. Elle doit agir, et vite ! Autour d'elle, c'est un véritable enfer, entre l'incendie et les explosions. Pepper essaye d'abord d'utiliser les gants, sans succès. Alors, avec l'aide de Jarvis, elle parvient à voler à travers la pièce pour rejoindre Maya. D'un geste, elle attrape la jeune femme terrifiée, et elles s'échappent enfin de la villa en feu.

Ses deux amies saines et sauves, Tony peut enfin penser à lui. Il commande à son armure de revenir. Seulement, lorsqu'elle arrive, Tony constate qu'elle est endommagée et que son niveau d'énergie est au plus bas. Impossible d'utiliser ses rayons répulseurs.

Et c'est justement cet instant que les hélicoptères choisissent pour le viser ! Tony lance tout de même un missile… qui retombe lourdement à ses pieds. Pas vraiment ce qu'il avait prévu ! Observateur, Tony remarque que le missile est toujours actif, et que seul son système de propulsion est hors d'usage. Tout espoir n'est pas perdu !

Il s'en empare, puis utilisant toute la force d'Iron Man, il le jette sur l'un des deux hélicoptères, qui explose et plonge dans l'océan. Un de moins !

Percutée par une pluie de roquettes, la villa de Tony penche dangereusement, à tel point que le grand piano se met à glisser. Réagissant au quart de tour, Iron Man rassemble une partie de l'énergie de son armure et parvient à tirer un bref rayon avec son gant.

Il ne vise pas l'hélicoptère, mais le piano, qui est alors projeté contre l'ennemi ! Et de deux...

— Jarvis ! Les armures ?

— Elles sont à découvert, monsieur.

— Et la cave à vin ?

— Elle est à l'abri.

— Bien, donc seules les « classiques » sont accessibles... Je ne peux pas risquer qu'elles tombent entre de mauvaises mains. Fais-les exploser.

Jarvis hésite : son patron ne peut pas être sérieux. Pourtant, Tony insiste.

— Détruis les armures !

Et Jarvis finit par obéir. Les systèmes d'autodestruction intégrés dans chacune des sept armures de Tony, de la Mark I à la Mark VII, se déclenchent les uns après les autres.

Tony observe avec horreur le fruit de son travail partir en fumée. Ce ne sont pas uniquement des armures, mais également des morceaux de lui qui disparaissent. Il les a construites de ses mains, et elles l'ont sauvé à maintes reprises. Dans un sens, elles ont fait de lui ce qu'il est devenu aujourd'hui, pour le meilleur et pour le pire.

Mais Tony n'a pas le temps de s'appesantir sur cette perte.

Sa villa est un champ de bataille. Les murs démolis laissent entrer l'eau et, quelques instants plus tard, la maison sombre dans l'océan qu'elle surplombe. En l'espace d'une seconde, Tony se retrouve englouti par les flots. Comment se sortir de là ? L'armure manque de puissance, et Tony est seul. À moins que…

— Jarvis, mets toute la puissance dans les gants ! hurle-t-il.

Soudain, l'un de ses gants se propulse hors de l'eau, puis vole un moment, avant de replonger. Il retrouve Tony, qui s'y agrippe à deux mains. Comme il l'avait espéré, le gant volant l'extirpe de l'océan et l'emmène dans le ciel nocturne.

Une fois de plus, Iron Man a sauvé Tony.

— Pilote automatique, commande faiblement ce dernier.

Jarvis s'exécute, en l'informant que le taux d'énergie est descendu à 2%.

Tony n'a qu'une idée en tête : s'éloigner des êtres qui lui sont chers pour mieux les protéger. Alors, il pourra se concentrer sur son autre objectif : éliminer le Mandarin, une bonne fois pour toutes.

Il utilise les dernières ressources de son armure pour voler le plus loin possible.

— Où sommes-nous ? demande-t-il à Jarvis.

— À environ huit kilomètres de Rose Hill.

C'est la dernière chose dont Tony se souvienne, juste avant son atterrissage catastrophe dans la campagne enneigée du Tennessee. Ce n'est pas exactement de cette manière qu'il avait prévu de passer les jours précédant Noël…

5

Alors que Tony passe en revue les derniers événements, la neige scintillante continue de tomber. Il a l'impression d'être échoué là depuis des heures ! Reprenant courage, il s'extirpe de son armure et considère son « ami » Iron Man inerte, étendu à ses pieds.

Ça ne peut pas se terminer de cette façon !

L'armure Mark XLII ne dispose plus que de 1% d'énergie, Tony est donc forcé de la traîner jusqu'à la cabine téléphonique la plus proche. Il doit absolument contacter Pepper pour s'assurer qu'elle va bien. Ensuite, il lui dira de ne faire confiance à personne, absolument personne. Sans oublier le plus important : l'informer qu'il est encore en vie.

De la cabine, plus lointaine qu'il ne l'avait imaginé, Tony laisse un message à Pepper, sans savoir quand elle pourra en prendre connaissance. Il y précise qu'il se trouve dans un coin perdu du Tennessee, et qu'il restera injoignable pendant quelques jours.

Il faut qu'il répare son armure, avant d'aller affronter le Mandarin.

En raccrochant, Tony repère un vieux garage à une centaine de mètres de là. La solution s'y trouve peut-être ? Il marche jusqu'au bâtiment, où il trouve un établi et des outils.

Mais le travail attendra. Exténué, Tony sombre dans un profond sommeil…

Quelque temps plus tard, lorsqu'il se réveille en sursaut, son premier regard va tout naturellement vers son armure.

— Tu seras vite réparée, murmure-t-il, fatigué mais déterminé.

Cette armure, en réalité, ne forme qu'un avec lui, Tony. Alors, il n'a plus le choix : il doit travailler jusqu'à ce que les dégâts qu'elle a subis ne soient plus qu'un mauvais souvenir.

— Je crois que j'ai… j'ai besoin de dormir, monsieur, dit soudain Jarvis.

— Non, attends !

Trop tard ! Il n'y a plus une once d'énergie pour alimenter l'armure. Au comble de la frustration, Tony frappe du poing sur la table en poussant un cri de rage.

— On dirait que ça ne va pas fort, monsieur, dit une petite voix derrière lui.

Un jeune garçon, d'environ neuf ans, se tient sous l'embrasure de la porte. Tony se dépêche de dissimuler l'armure sous une bâche.

— Qu'est-ce que vous faites, ici ? l'interroge l'enfant.

En urgence, Tony invente un mensonge pour le berner.

— Ton père m'a dit que je pouvais utiliser cette remise pendant un moment.

— C'est bizarre, répond le garçon. Parce que mon père est mort.

— Ah, eh bien, je ne t'ai pas précisé quand il me l'avait dit.

— Vous êtes dans de sales draps, monsieur...

Tony l'interrompt, franchement agacé. Il n'a pas de temps à perdre ! Mais le jeune garçon continue, sans se démonter :

— Si vous m'aviez laissé terminer ma phrase, j'allais dire : monsieur Stark.

Sur ces mots, il brandit la dernière édition du journal du soir, où s'étale un gros titre tapageur : *ATTAQUE DU MANDARIN – STARK MORT.*

— Ils se trompent ! crie le garçon, victorieux. Iron Man est ici !

Et il soulève la bâche qui recouvre l'armure. Tony en a plus qu'assez de ce petit manège. Il ne pense qu'à commencer les réparations pour partir le plus vite possible à la poursuite du Mandarin.

— Écoute gamin, je suis pressé et j'ai besoin de matériel.

— D'accord. Mais qu'est-ce que je gagne en échange ?

Voilà un garçon qui me plaît ! pense Tony. Il examine la pièce et aperçoit un ensemble de médailles et de trophées scientifiques.

— Comment t'appelles-tu, mon garçon ?

— Harley.

— D'accord, Harley, et quel est le nom du garçon qui te tyrannise ?

— Ça alors ! Comment est-ce que vous êtes au courant pour E. J. ? demande Harley, stupéfait.

— Parce que tu es intelligent. Et que les gens essayent toujours de brutaliser les garçons comme toi.

Tony presse un interrupteur sur l'armure d'Iron Man et en extrait une petite capsule argentée qu'il lance à Harley.

— Cool ! s'écrie le garçon en saisissant l'arme. Comment ça marche ?

— Il y a un bouton sur le côté. Mais ne l'utilise jamais près des yeux, si tu ne veux pas passer dix ans de ta vie en prison.

Harley acquiesce, heureux.

— Alors, marché conclu ? demande Tony.

Harley opine du chef et Tony l'imite.

— Bon. Alors, retiens bien ce que je vais te dire. Je vais avoir besoin d'un ordinateur portable, d'une montre digitale, d'un téléphone cellulaire, de ressorts métalliques et d'un gros sandwich au thon. Et pas de bavardages. Est-ce que tu peux t'en charger ?

— Bien sûr, répond Harley.

Tony se dit que, dans son malheur, il a de la chance d'être tombé sur lui.

Bouleversée, Pepper Potts se tient près des décombres de la villa de Tony. Difficile d'imaginer que, seulement quelques heures auparavant, se dressait là l'une des plus belles propriétés de Malibu ! Désormais, ce n'est qu'un tas de ruines. Et les rares parties encore intactes ont disparu au fond de l'océan.

Au milieu des cendres et des débris, loin des secouristes, elle aperçoit soudain

le visage d'Iron Man. Ou plutôt, le casque de son armure Mark IV, dont le reste s'est autodétruit.

Indifférente à ce qu'il se passe autour d'elle, Pepper s'avance et ramasse le morceau d'armure cabossé. Elle le tient tendrement, comme s'il s'agissait d'une partie de Tony, avec l'espoir que là où il se trouve, il soit encore en vie.

Brusquement, une lumière se met à clignoter à l'intérieur du casque. Après avoir vérifié que personne ne la regarde, Pepper l'enfile.

Un examen de sa rétine confirme son identité, et juste après, elle entend la voix de Tony. Il lui a laissé un message dans son armure ! Le cœur battant, elle l'écoute. Il lui demande de ne se fier à personne, pas même à Maya.

Quand elle retire le casque, elle avise un groupe de journalistes qui s'approche.

— Et maintenant, une seule question se pose : où est Tony Stark ? l'interroge l'un d'entre eux.

Au lieu de satisfaire sa curiosité, Pepper préfère se préoccuper de Maya qui sort à l'instant d'une ambulance. Les urgentistes insistent pour la conduire à l'hôpital, mais Maya refuse, affirmant qu'elle va bien.

C'est alors que le casque de l'armure Mark IV roule à leurs pieds.

— Un casque bombe ! crie quelqu'un.

Aussitôt, tout le monde s'empresse de déguerpir. Le champ est libre ! Au volant de sa voiture, Pepper s'approche de Maya, la fait monter dans son véhicule et appuie sur l'accélérateur.

— Un casque bombe ? interroge Maya, une fois qu'elles se sont suffisamment éloignées.

— J'étais obligée d'improviser, explique Pepper en souriant. Tony a dit que vous étiez botaniste ?

— En quelque sorte, concède Maya, sans s'étonner que Tony résume ainsi son travail. Je suis une biologiste spécialisée dans le codage de l'A.D.N. et je dirige une équipe de quarante personnes au sein d'un laboratoire d'idées privé. Mais bon, termine Maya avec un soupir exaspéré, c'est vrai que je suis botaniste.

— Biotechnologie, n'est-ce pas ? commente Pepper, admirative. Une industrie en pleine expansion. J'ai discuté avec un type, récemment. Ses machins sont stupéfiants ! Vous connaissez Aldrich Killian ?

— Évidemment : c'est mon patron. Et ce sont mes « machins ».

Pepper en reste bouche bée. Accélérant encore, elle réalise que Maya et elle ont décidément beaucoup de choses à se dire.

La nuit est tombée sur Rose Hill et un mystérieux étranger avance le long de la rue principale. Quel accoutrement ! Chapeau Stetson, bottes de cow-boy et veste militaire d'occasion…

Tony marque une pause pour se regarder dans une vitrine. Pas vraiment le genre de tenues chic auxquelles il est habitué ! Enfin, il voudrait quand même passer inaperçu, et il jette le chapeau qui, définitivement, n'est pas fait pour lui. Harley, qui vient de le rejoindre, approuve d'un signe de tête. Ces vêtements ont appartenu à son père.

Mais même débarrassé du chapeau, Tony a encore un souci. Cette fois, c'est avec la montre. Il faut dire qu'elle est un peu « spéciale ».

— Tu sais, quand tu m'as parlé de la montre de ta sœur, je pensais à quelque chose d'un peu plus… mature, se plaint Tony en désignant son poignet orné d'une « discrète » montre en plastique rose.

— Elle a six ans, répond Harley. Qu'est-ce vous espériez ? Une Rolex ? Et puis, vous savez, c'est une série limitée.

Tout en discutant, Harley conduit Tony jusqu'à une ruelle.

— Voici l'endroit que vous vouliez voir, annonce le garçon. On l'appelle le « mur des ombres ».

Sur un mur en brique délabré qui borde la petite rue, Tony aperçoit le dessin de

cinq silhouettes carbonisées et vaguement humaines. Cette vision d'horreur lui glace le sang.

— Tu peux me dire ce qu'il s'est passé, ici ?

— Je crois... commence Harley en essayant de rassembler ses souvenirs. Il y avait ce gars appelé Chad Davis, qui avait reçu un tas de médailles dans l'armée. Mais un jour, les gens ont dit qu'il était devenu fou... Et il a fabriqué une bombe.

Harley suspend un temps ses paroles.

— Il s'est fait exploser. Juste ici.

— Donc, six personnes sont mortes, c'est ça ? Davis inclus ?

Le jeune garçon acquiesce.

— Après, les gens du coin ont prétendu que ces ombres étaient les empreintes de leurs âmes montées au paradis. Excepté celle de la bombe humaine. Lui, il est allé dans « l'autre endroit », sans avoir mérité une ombre. Voilà pourquoi il n'y a que cinq silhouettes.

Tony inspire profondément et réfléchit à ce que vient de lui dire Harley.

Quelques instants plus tard, il sort une lentille ultrasophistiquée provenant de son armure d'Iron Man et inspecte le mur. Mais brusquement, sa respiration s'accélère. Remarquant que quelque chose ne va pas, Harley s'inquiète.

— Ça va ? Vous voulez vous asseoir ?

— Je… Donne-moi seulement une minute.

Dans un tourbillon de neige, quatre quads arrivent en trombe devant eux. L'un des jeunes pilotes donne au passage une bonne tape dans le dos d'Harley.

— Oh, Harley ! C'est qui celui-là, ton petit ami ? le raille E. J., le petit dur qui martyrise Harley.

Harley voit là une occasion inespérée. Quand E. J. va savoir que son « petit ami » n'est autre qu'Iron Man, c'est sûr, il se tiendra à carreau !

— Tu veux savoir qui c'est ? C'est Tony Stark ! crie Harley, victorieux.

Mais lorsqu'il se retourne sur Tony, celui-ci n'a plus rien d'un super-héros ! Recroquevillé sur le sol, Tony lutte pour respirer normalement, et contrer une nouvelle attaque de panique.

— Tony Stark est mort ! hurle E. J. Et ce sera aussi bientôt ton cas à l'école !

Il accélère brusquement pour éclabousser le pauvre Harley, avant de disparaître avec ses comparses dans la rue principale.

— Mais c'était quoi, ça ? s'emporte Harley. Vous êtes censé être un super-héros, et vous n'avez rien fait !

Une fois la crise passée, Tony s'excuse. Il aurait préféré qu'Harley ne le voie pas dans cet état.

— Je suis désolé… Écoute, j'ai besoin d'un dernier service. La mère de la bombe humaine, Mme Davis, tu sais où je pourrais la trouver ?

— Hum, oui, bien sûr. À l'endroit où elle est toujours. Dans le bar de Walker, indique Harley en pointant le bout de la rue.

Parvenu devant le bar, Tony hésite, nerveux. Sans l'armure d'Iron Man, il se sent incapable de faire face à la situation. Il paraît que, lorsqu'on reste trop longtemps cloîtré dans une maison, on finit par avoir peur d'en sortir. C'est exactement ce qu'il lui arrive, sauf que, dans son cas, il ne s'agit pas d'une maison, mais d'un costume de métal surpuissant capable de combattre n'importe quel ennemi. Tony se dit que c'est probablement de là que lui viennent ses crises de panique à répétition.

Privé de son armure, il se sent fragile. Il n'a plus de pouvoir, ni de protection. Il devient juste… un être humain.

Pour preuve, il n'a même pas été capable d'aider le jeune Harley ! Perdu dans ses pensées, Tony ne remarque d'abord pas la séduisante jeune femme qui sort du restaurant, jusqu'au moment où celle-ci laisse tomber son écharpe à ses pieds.

Quand elle relève ses cheveux, Tony remarque la cicatrice qui lui barre la joue, et son lobe d'oreille manquant. Se rendant brusquement compte qu'il est en train de la dévisager, il invente un compliment.

— Chouette coupe de cheveux.

— Chouette montre, réplique la femme.

— C'est une édition limitée, commente Tony avec assurance.

— Je n'en doute pas, répond-elle en souriant.

Ils discutent un moment, puis la jeune femme s'éloigne, en jetant un coup d'œil par-dessus son épaule, comme pour vérifier que Tony la regarde toujours…

À l'intérieur du bar, Tony s'installe à une table pour regarder le flash d'informations, à la télévision.

— Dans un bulletin de la Maison Blanche diffusé cet après-midi, le président Ellis promet de neutraliser le terroriste appelé « le Mandarin », introduit le commentateur.

Juste après, le président apparaît à l'image.

— Vous m'avez élu pour que je défende l'Amérique, coûte que coûte.

Dans la salle, cette déclaration ne semble pas convaincre les clients. Mais Tony reste concentré sur l'écran, où apparaît de nouveau le présentateur.

— Le président a prévu une riposte en la personne du colonel James Rhodes, celui que la presse nomme désormais « Iron Patriot ».

— Plutôt voyant comme armure ! marmonne Tony pour lui-même. Autant lui peindre une cible sur le dos.

À cet instant, croyant le reconnaître, le patron du bar accoste Tony. Ce dernier parvient à le persuader qu'il n'est pas le véritable Tony Stark, et le patron s'en va.

Mais cette intervention prouve à Tony qu'il ne doit pas traîner trop longtemps dans les parages. Il se dirige donc vers l'unique personne qui l'intéresse : la mère de la bombe humaine.

— Madame Davis, dit-il à la femme assise dans un coin. Est-ce que je peux prendre cinq minutes de votre temps ?

Mais, croyant que Tony est un agent du gouvernement, elle refuse de lui parler. Même lorsque Tony lui assure qu'il n'a rien à voir avec le F.B.I., Mme Davis continue de faire la sourde oreille.

— F.B.I., ou bien l'armée, c'est du pareil au même ! Écoutez, j'ai apporté le dossier que vous m'avez demandé. Maintenant, laissez mon fils reposer en paix.

Surpris, Tony baisse les yeux sur l'enveloppe kraft posée sur la table, sur laquelle il est écrit « Dossier médical de Chad Davis ». En dessous, les lettres M.I.A. signifient « Missing In Action », c'est-à-dire « porté disparu ».

— Madame Davis, je crois que ce n'est pas moi que vous attendez.

— Des gens du gouvernement ont appelé et ils m'ont dit que vous aviez besoin de ce dossier.

De plus en plus inquiet, Tony se demande si des agents du gouvernement sont effectivement présents dans le bar. Mais il continue de parler, car s'il est venu dans cet endroit, ce n'est que pour une seule et bonne raison : savoir ce qu'il s'est réellement passé, ce jour-là, devant le « mur des ombres ».

— En réalité, je suis ici pour connaître la vérité sur votre fils.

Mme Davis lui raconte alors les derniers jours de Chad. Selon elle, son fils n'est pas coupable des horreurs dont on l'accuse. Il n'aurait jamais fait de mal à des innocents.

— Je vous crois, l'encourage Tony. Mais dites-moi, pourquoi est-il revenu ici ?

D'abord indécise, la femme décide finalement de se confier. Se penchant vers Tony, elle ouvre le dossier de son fils et soupire tristement.

— Chad était un garçon et un soldat courageux. Pourtant, son retour à Rose Hill a fait de lui un déserteur. Je crois qu'il a vu quelque chose, une chose si terrifiante, qu'il n'a pas eu d'autre choix que de venir se réfugier à la maison…

Tony attrape le dossier et commence à le feuilleter. Il y découvre des photos de soldats, et l'une d'elles en particulier attire son attention. Sous ce cliché est indiqué le nom du militaire : Taggart. C'est celui qui figurait sur les plaques métalliques que tenait Happy à l'hôpital !

— Ça ne peut pas être une coïncidence !

Tony sort ensuite une photo de sa poche et la tend à Mme Davis. Elle a été prise après l'attaque sur le théâtre chinois.

— Ça s'est passé à Hollywood, la semaine dernière, explique-t-il. Vous voyez, c'est la même chose. Dix personnes ont été anéanties par une explosion. Mais sur cette photo, seulement neuf silhouettes. Alors j'ai pensé que, peut-être, la dixième personne était l'explosion.

Tony saisit gentiment la main de Mme Davis.

— Je ne crois pas que votre fils se soit suicidé. Je pense plutôt que quelqu'un l'a transformé en bombe… Ce n'était pas de sa faute.

Alors, la femme balafrée, avec laquelle Tony a discuté devant le bar, fait son entrée. Elle se dirige aussitôt vers la table de Tony et Mme Davis.

Le visage à demi-masqué par ses cheveux, elle sort un badge du F.B.I. et se présente :

— Agent Brandt. Monsieur Stark, je vais vous demander de rester calme et de poser vos mains sur la table, exige-t-elle d'un ton menaçant.

— Écoutez, quel que soit le problème, nous devrions aller en discuter dehors. Les personnes ici n'ont rien à voir avec tout ça.

Mais, sans doute intrigués par cette scène singulière, deux clients arrivent pour demander ce qu'il se passe. Brandt les tient à distance en leur lançant que ce ne sont pas leurs affaires et que Tony se trouve en état d'arrestation.

— Eh bien, alors, on dirait que ça me concerne, annonce l'un des deux hommes en sortant son badge de shérif. Si vous êtes du F.B.I., pourquoi n'ai-je pas été informé de votre venue ?

Tony sent que la situation s'envenime.

— Shérif, peut-être pourrions-nous aller parler de tout ça à l'extérieur ?

Mais Brandt continue sur sa lancée.

— Cet homme est suspecté d'être une menace pour notre pays. Shérif, ce n'est pas de votre ressort.

Face aux protestations du shérif, l'agent Brandt opte pour une « stratégie » plus… radicale. Sa main se met à chauffer et à produire un courant électrique si intense que le badge du F.B.I. fond dans sa paume ! Tony et les deux hommes observent la scène, sidérés.

Utilisant l'énergie de ses incroyables mains, Brandt attaque d'abord le shérif et son adjoint, qui tombent sur le sol, impuissants. Ils n'avaient pas la moindre chance contre elle !

— Pas ici ! hurle Tony, effrayé à l'idée que des clients soient blessés.

Par chance, Brandt accepte de sortir.

— Monsieur Stark, s'il vous plaît, dit la femme aux mains de feu, une fois à l'extérieur. Vous enfuir ne servirait à rien.

À cet instant retentit un premier coup de feu, puis deux autres. Les clients les ont suivis, armés de leurs pistolets. Ils sont prêts à mettre celle qui s'en est pris à leur shérif et son adjoint hors d'état de nuire.

Mais leur apparition n'a pas l'effet désiré. Loin d'être intimidée, Brandt brandit ses mains extraordinaires devant eux.

Et c'est le combat ! Des tirs ébranlent la petite ville enneigée de Rose Hill. Savin a surgi pour combattre aux côtés de Brandt. Dans la rue principale, c'est le chaos ! Des habitants apeurés fuient de tous les côtés pour sauver leur vie.

Savin est doublement armé : un pistolet dans une main, l'autre irradiant comme celle de l'agent Brandt, et il se fait un plaisir de mitrailler Tony, qui court se mettre à couvert vers le château d'eau de la ville.

Toutefois, Savin n'a pas dit son dernier mot ! Pourquoi utiliser un simple pistolet lorsqu'on possède deux mains capables de faire fondre le métal ?

Utilisant son pouvoir, il décroche un morceau du bâtiment métallique et le lance sur Tony, qui réussit à l'esquiver.

Mais le château d'eau, désormais instable, s'écroule, et le réservoir explose sous le choc. Juché sur son quad, E. J. parvient de justesse à l'éviter. En revanche, il est impuissant face aux milliers de litres d'eau qui se déversent sur lui.

Choqué par tout ce qui vient de se passer, Harley se précipite pour aider Tony. Savin en profite pour l'empoigner par le col et l'entraîner avec lui au centre de la rue.

Pendant ce temps, Brandt saisit des lignes électriques avec ses mains de feu. En l'espace de quelques instants, les lignes se rompent sous l'effet de l'intense chaleur, transmettant leur courant électrique au corps de Brandt.

À sa place, n'importe qui serait mort en moins d'un quart de seconde. Mais pas elle ! Au contraire, l'agent Brandt semble encore plus puissante, et elle a une cible : Tony Stark.

Le regard de Tony va de la femme qui s'apprête à l'attaquer à la rue dévastée. *Tout ça est de ma faute !* réalise-t-il. Brandt et Savin sont venus pour lui. Mais comment ont-ils pu le retrouver aussi vite ? Seule Pepper était courant pour Rose Hill…

De toute façon, c'est à lui de régler ça. Il n'a peut-être pas son armure pour l'aider, mais il ne rendra pas les armes sans avoir lutté. C'est le moment ou jamais de se prouver à lui-même qu'Iron Man, c'est d'abord lui, Tony Stark.

Agissant comme s'il portait l'un des gants répulseurs de sa super-armure, Tony tend la main, sous les rires de Brandt qui continue d'avancer. Rira bien qui rira le dernier, pourrait lui dire Tony...

Mais il préfère conserver son effet de surprise – sa seule chance de pouvoir s'en sortir. Il remonte la manche de sa veste pour laisser apparaître un répulseur de fortune. Sans lui laisser le temps de réagir, il tire à bout portant sur la poitrine de Brandt, la propulsant à une centaine de mètres en arrière.

— Harley, souviens-toi de l'objet que tu dois utiliser contre les petites brutes ! hurle Tony.

Vif comme l'éclair, Harley comprend instantanément de quoi il veut parler. La petite capsule argentée que Tony lui a donnée ! Harley la lève à hauteur des yeux de Savin, puis, en fermant les siens de toutes ses forces, il presse le bouton. La capsule émet une lueur aveuglante qui désoriente Savin.

Sa mission accomplie, Harley court aussi vite qu'il le peut en direction de Tony.

C'est à cet instant qu'ils aperçoivent Mme Davis sortir du restaurant. Hélas ! Tony et Harley ne sont pas les seuls à la voir.

Quand Savin, déjà parfaitement remis, la repère, il se lance aussitôt à sa poursuite.

Tony ne peut pas rester les bras croisés, mais Brandt lève déjà les mains et le bombarde de rayons.

Brusquement, il est traversé par une idée aussi géniale que risquée. Il s'empresse de retirer l'appareil accroché à sa veste et le jette à Mme Davis. Elle l'attrape, plutôt surprise.

Savin se contente de rire. Une attaque, ça ? Mais au même moment, il entend un son étrange, comme une sorte de cliquetis. Il lance un regard par-dessus son épaule et voit une pièce de métal qui bouge, apparemment incontrôlable. Animé par une force extrême, le morceau métallique se détache de ses fixations et fonce droit devant lui… pour traverser le corps de Brandt de part en part, en renversant violemment Savin.

L'objet va ensuite atterrir sur ce qui l'a attiré : l'appareil répulseur tenu par Mme Davis.

Cette dernière regarde Tony, qui en retour, lui décoche un bref sourire.

— C'est magnétique, se contente-t-il d'expliquer.

Mais Tony le sait, cette victoire est de courte durée, car Savin ne va pas tarder à se rétablir. Et il y a encore plus urgent ! Sauver E. J. qui s'est noyé dans les tonnes d'eau renversées sur lui.

Parvenu près d'E. J., Tony se dépêche de démonter l'appareil répulseur qui enveloppe son cœur et l'utilise pour réanimer celui du garçon par une série de chocs électriques. Une foule s'est agglutinée autour de lui, et chacun retient son souffle.

Grâce à ce défibrillateur improvisé, Tony réussit à sauver l'enfant. Une vague de joie parcourt l'assemblée.

— Tu devras prendre soin de lui, désormais, dit simplement Tony à Harley. Je t'appellerai plus tard.

Ramassant le chapeau de cow-boy qu'il avait jeté un peu plus tôt, Tony grimpe dans la voiture de Savin et disparaît dans la nuit.

Aidés de leurs superpouvoirs, Savin et Brandt se reformeront bientôt, et ils le pourchasseront...

Et Tony a entièrement raison ! Comme devant le théâtre chinois, Brandt se régénère lentement, tandis que Savin s'est rétabli en l'espace de quelques instants...

Tapi dans l'ombre, à l'abri des regards, il appelle son patron, Aldrich Killian. Alors qu'il fait son rapport, Savin repère un objet brillant dans la neige. La lentille ultrasophistiquée d'Iron Man ! Il en parle aussitôt à Killian.

— C'est vraiment une belle journée, déclare ce dernier avec un sourire mauvais.

Il sait ce que cette trouvaille signifie. L'armure d'Iron Man n'existe plus.

7

Le lendemain, dès l'aube, le Mandarin fait diffuser une nouvelle vidéo, aussi menaçante que mystérieuse. La question que chacun se pose est : « Où va-t-il frapper la prochaine fois ? » Mais ça bien sûr, il le garde pour lui ! Et c'est cette incertitude, plus que tout le reste, qui est terrifiante… Tant que le Mandarin sera en vie, le monde n'aura pas fini de trembler !

Pendant ce temps, un violent combat agite le désert du Pakistan. Les insurgés mitraillent un super-héros en armure. Cette fois, ce n'est pas Iron Man, mais Iron Patriot !

À l'intérieur de son armure, Rhodey réplique avec courage à la pluie de tirs qui s'abat sur lui. Sa mission est d'obtenir des informations sur les prochains actes du Mandarin. Mais voilà que, durant la bataille, le téléphone de son armure sonne. Ça alors, c'est Tony !

— Tu es vivant ! s'écrie Rhodey avec soulagement.

À l'autre bout du fil, assis dans une cabine téléphonique, Tony parcourt le dossier médical de Chad Davis. Il expose à Rhodey ses dernières mésaventures, et notamment l'attaque dans le Tennessee.

Soudain, il se fige.

Tony vient d'apercevoir une image troublante, dans l'une des vitres de la cabine. Inversées à cause du reflet, les lettres « M.I.A. » écrites sur le dossier deviennent « A.I.M. ». Et cela lui fait penser à une possibilité. Et si cette obscure entreprise était derrière tout ça ?

Il doit en avoir le cœur net.

Peu de temps après, à bord de la berline « empruntée » à Savin, Tony part à la recherche d'informations sur l'organisation dirigée par Aldrich Killian... Mais qui dit « recherches », dit « ordinateur », et Tony n'en a pas.

Au détour d'une route, il repère une affiche annonçant un concours de beauté local. Immédiatement, une idée germe dans son esprit...

Quand les policiers reçoivent un coup de fil anonyme les informant qu'une bombe a été placée dans la salle du concours, ils se précipitent sur les lieux, suivis d'une cohorte de pompiers et de journalistes.

Auteur de la fausse alerte, Tony grimpe à l'arrière d'un camion de télévision et y trouve rapidement ce qu'il lui faut. Il se met à surfer en douce sur le Net… Mais Gary, le conducteur du camion, le surprend. Par chance, Gary est l'un des plus grands fans de Tony. La preuve : il a adopté la même coiffure et le même bouc ! Il accepte donc volontiers d'aider son idole.

Les deux hommes parcourent le Net, jusqu'à pénétrer dans les dossiers top secrets d'A.I.M. Ils visionnent des interviews de sportifs de l'extrême, tous décédés il y a peu de temps. De plus en plus gagnés par l'effroi, Gary et Tony continuent leurs recherches. Et Tony finit par accéder à un fichier verrouillé, dont il craque facilement le code d'accès.

Mais après avoir vu le film, Tony se met presque à regretter d'être aussi doué en informatique…

Sur la vidéo, six hommes et femmes se dirigent en file indienne vers une salle d'opération. Aldrich Killian se tient à l'extérieur de la salle.

— Je vous le promets, mes amis, déclare-t-il. Aujourd'hui sera votre jour de gloire !

Ensuite, des scientifiques injectent un sérum aux six volontaires. La suite du film tient du cauchemar. Des convulsions. Un silence sinistre. Puis, les six personnes explosent, laissant des silhouettes noires sur le mur, derrière elles.

Tony et Gary se regardent, horrifiés. Et soudain, Tony comprend. Killian ne voulait pas que tous ces gens, y compris Chad Davis, meurent. En réalité, ces pauvres victimes sont simplement des essais ratés.

Non loin de l'endroit où se dressait la villa de Tony, dans une chambre d'hôtel, Pepper Potts et Maya Hansen discutent des derniers événements, du rendez-vous avec Killian, en passant par l'attaque sur Tony, sans omettre son étrange avertissement à Pepper.

Tandis qu'elles échangent, le service d'étage frappe à la porte et Pepper se lève

pour ouvrir au serveur de l'hôtel... mais elle tombe sur Aldrich Killian ! En le voyant, la jeune femme réalise, un peu trop tard, que Tony avait raison : elle n'aurait jamais dû faire confiance à Maya !

Affolée, elle essaye de s'enfuir par la porte, mais Killian, plus rapide, lui barre le chemin. Il l'empoigne par le bras et la pousse avec force dans la chambre.

Effondrée sur le lit, Pepper aperçoit Killian penché au-dessus d'elle, un inhalateur à la main… Cette fois, elle a vraiment de quoi se faire du souci !

Cachés à l'arrière du camion, Tony et Gary continuent de regarder des vidéos, qui montre d'autres expériences d'A.I.M. avec leur terrible produit, appelé « Extremis ». Juste après, Harley téléphone à Tony pour l'informer des avancées de Jarvis. L'armure d'Iron Man s'autorépare lentement… mais sûrement ! Et le super ordinateur a réussi un exploit : après avoir étudié le dernier message filmé du Mandarin, Jarvis en a trouvé l'origine : il a été enregistré à Miami.

Prochaine destination pour Tony : la Floride !

Après avoir reçu un appel au secours, Iron Patriot atterrit devant le siège de l'entreprise A.I.M.

En jetant un premier coup d'œil sur place, Rhodey est très étonné de ne croiser personne. Il pénètre alors dans l'immeuble, qui se révèle lui aussi complètement désert !

Sans le savoir, il vient de tomber dans un traquenard ! Mais quand Rhodey le comprend, il est déjà trop tard. Muni d'un petit appareil, Savin verrouille l'armure à distance. Bien sûr, Rhodey pourrait toujours en sortir grâce au protocole d'éjection urgence. Mais alors, il tomberait dans les mains de Savin, solidement armé !

C'est une impasse…

Parvenu en Floride, Tony s'arrête dans une quincaillerie. S'il doit affronter le Mandarin, mieux vaut disposer d'un minimum d'équipement ! Évidemment, rien ne pourra remplacer sa chère armure, mais si Tony veut avoir une chance de l'emporter (ou du moins, de combattre dignement), il faut qu'il mette tous les atouts de son côté.

Dans le magasin, Tony choisit méthodiquement quelques articles, tout en passant un coup de fil à Rhodey. Mais son ami ne décroche pas...

Sa séance de shopping terminée, Tony se rend à la caisse. Le commerçant est occupé à regarder un flash d'informations sur son téléphone.

Le communiqué annonce que le président des Industries Stark a disparu... autrement dit, Pepper Potts !

Avec A.I.M. ou le Mandarin – ou peut-être même les deux ! – à ses trousses, Pepper est en danger.

Pour Tony, il est grand temps d'agir... et d'en finir.

Quand Tony arrive près de l'endroit indiqué par Jarvis, il a du mal à en croire ses yeux. Le repaire du Mandarin ressemble davantage à la résidence d'une rock star qu'à la planque d'un terroriste ! « Immense » et

« extravagant » sont les deux adjectifs qui lui viennent à l'esprit.

Usant d'armes qu'il a lui-même fabriquées, Tony se débarrasse des gardes, l'un après l'autre, et réussit à s'introduire dans la propriété. Le cœur battant la chamade, mais bien décidé à mettre ce « méchant » hors d'état de nuire, Tony entre ensuite dans ses appartements.

Par chance, le Mandarin est en train de sommeiller paisiblement. Tony s'approche de lui sans bruit. Mais avant qu'il ait eu le temps de faire quoi que ce soit, quelqu'un lui assène un violent coup à l'arrière du crâne. Tony perd connaissance…

Quelque temps plus tard, Tony se réveille dans une cellule souterraine. Il jette un coup d'œil à la ronde pour évaluer la situation. Et elle n'est pas très réjouissante !

Cerné par des gardes, et dépourvu de ses armes, il se demande comment il va pouvoir se sortir de là…

Non loin de lui, dans un petit laboratoire rempli de plantes, Maya Hansen semble travailler avec acharnement. Tony veut lui parler, mais Killian surgit. Derrière lui, on aperçoit Pepper attachée à un brancard.

Tony avait deviné depuis longtemps que la firme A.I.M. était reliée d'une manière ou d'une autre au Mandarin. Maintenant, les choses sont claires : Killian et le terroriste travaillent ensemble, mais dans quel but ? Leur sérum Extremis est en train de créer une armée de super-humains, mais pour attaquer qui ?

Une chose est sûre : ces deux-là doivent être arrêtés !

Un inhalateur à la main, Killian s'approche de Pepper. Enfermé, Tony se sent impuissant. Il se dit que la situation ne peut pas être pire. Jusqu'à ce que Maya parle. Elle lui montre sa vieille carte de visite – celle que Tony lui avait donnée il y a des années, en Suisse. À l'arrière, il avait noté la formule rectifiée, avec le problème qu'il avait identifié en regardant ses recherches. Mais, tachée de champagne, celle-ci est devenue complètement illisible.

Ainsi, c'était donc ça ! Killian veut que Tony lui indique la faille dans la formule de l'Extremis ! Si Tony ne s'en souvient pas, alors le terroriste tuera Pepper. Mais cela s'est passé des années auparavant… Tony a beau chercher dans sa mémoire, il n'arrive pas à s'en rappeler.

— La formule, maintenant ! exige Killian.

Soudain, à ce moment critique, un « bip » agaçant se fait entendre. L'un des gardes fouille le tas d'objets confisqués à Tony et en sort une montre rose.

Killian bouillonne. Et quand Tony leur tourne le dos pour commencer un mystérieux compte à rebours à partir de cinq cents, il devient carrément fou de rage!

Qu'importe ! Bientôt, Killian sera l'homme le plus puissant du monde. Grâce à son armée de surhommes, qu'il pourra vendre au plus offrant, terroriste ou président, il deviendra un maître de guerre. En l'écoutant, Maya comprend qu'elle s'est lourdement trompée sur son compte. Aldrich Killian n'a jamais eu l'intention d'améliorer la condition humaine.

Elle décide de l'arrêter, mais il pointe son arme sur elle et tire. Puis, juste avant de disparaître, il ordonne aux gardes d'emmener Pepper…

Au bout d'un long couloir, Killian rejoint les gardes Extremis chargés d'extirper Rhodey de son armure. Ils ont utilisé tous les outils possibles : tournevis, levier, marteau, et même une scie circulaire. En vain ! Alors, Killian décide d'opter pour la dernière solution : il utilise Savin, ou plutôt ses mains chauffées à blanc.

À l'intérieur de l'armure d'Iron Patriot, la chaleur devient insoutenable, et Rhodey est contraint de déclencher le protocole d'éjection d'urgence…

De l'autre côté du sous-sol, Tony continue son décompte, sous le regard interloqué des gardes. Au bout d'un moment, Tony leur demande quelle est la distance entre le Tennessee et Miami… Et les gardes Extremis ne sont pas au bout de leurs surprises !

BOUM ! L'un des gants d'Iron Man traverse le mur de la cellule pour venir se poser sur la main de Tony ! Puis, c'est au tour d'une botte, qui, après avoir percé le mur, va chausser l'un des pieds de Tony. Celui-ci prend tranquillement la pose en attendant la suite.

Mais comme rien d'autre ne vient, les gardes décident de passer à l'attaque. Heureusement, Tony a déjà récupéré son arme favorite intégrée à son gant : le rayon répulseur !

À Rose Hill, Harley se dépêche d'ouvrir l'autre porte de la remise. Lorsqu'il y arrive, le reste de l'armure Mark XLII s'envole comme une fusée, direction la Floride !

Dans le souterrain, Tony se bat comme il le peut contre les nombreux gardes Extremis. Il lance des rayons, tout en esquivant les tirs, et en priant pour que le reste de son armure arrive vite…

Enfin ! Muni de son armure complète, Tony se sent de nouveau lui-même. En deux temps, trois mouvements, il se débarrasse des gardes et sort de sa cellule.

Premier objectif : sortir Pepper des griffes de Killian.

Il fouille le sous-sol tout en bataillant contre les gardes Extremis qui se dressent sur son chemin. C'est si bon de retrouver son armure ! Même si le vol de Rose Hill à Miami a sérieusement entamé ses réserves d'énergie.

Tony finit par retrouver, non pas Pepper, mais Rhodey. Une fois libéré de sa cellule, son ami lui rapporte ce qu'il a entendu. Killian a fait appeler un hélicoptère et, avec Pepper, ils se dirigent en ce moment vers les quais. Mais ce n'est pas tout ! Rhodey a également entendu autre chose : le Mandarin projette de saboter Air Force One, l'avion du président !

Il n'y a pas une seconde à perdre : les deux amis s'emparent d'un hors-bord trouvé dans la propriété du Mandarin, et filent à la poursuite de Killian…

Averti du plan du terroriste, le président Ellis prend la menace au sérieux, même s'il n'est pas réellement inquiet. En effet, alors qu'il s'apprête à monter à bord de son avion, Iron Patriot apparaît près de la rampe. Le premier homme des États-Unis se dit qu'avec ce héros à ses côtés, il ne peut rien lui arriver !

Ce qu'il ignore, c'est que ce n'est pas Rhodey à l'intérieur de l'armure. C'est Savin !

Sans le savoir, le président vient de tomber dans l'ultime piège tendu par le Mandarin.

Le hors-bord mis à quai, Rhodey et Tony réfléchissent à un plan. Avec le Mandarin associé à Killian, sans parler des redoutables gardes Extremis, la partie s'annonce difficile !

Comme son armure se recharge peu à peu en énergie, Tony décide de s'occuper de l'avion du président, et Rhodey de retrouver Pepper. Il se souvient avoir entendu parler d'un pétrolier, et Tony fait le rapprochement avec une histoire qu'il a entendue dans le bar de Rose Hill, à propos d'un navire de ce type, échoué près de Miami.

Les deux amis se séparent…

Sur le chemin, Tony reçoit de bonnes nouvelles de la part de Jarvis. À Malibu, les sauveteurs ont terminé de déblayer l'entrée de la cave « spéciale ».

— Alors, ouvre les bouteilles et laisse-les respirer ! ordonne gaiement Tony.

Comprenant le message, Jarvis lance l'opération « Grande fête à la maison ».

Aussitôt, à Malibu, un puissant grondement secoue les ruines de la villa.

Trente armures émergent ensemble des profondeurs de l'endroit où se dressait la maison de Tony ! Il y a la Mark XXIII et la Mark XXVI, l'armure furtive noire, celle de plongée en mer profonde, l'armure fortifiée pour les voyages suborbitaux, l'armure ultra-rapide, le centurion d'argent, et pleins d'autres.

Et cette imposante armée prend son envol…

À bord de l'avion Air Force One, Savin, dissimulé sous l'armure d'Iron Patriot, est sur le point de passer à l'action. Les agents des services secrets ne sont pas de taille contre lui, et il n'a aucun mal à atteindre sa cible : le président des États-Unis.

La suite est un jeu d'enfants pour le terroriste ! Il s'extirpe de l'armure et y enferme ensuite le président. Puis, à l'aide de sa télécommande, il commande à l'armure de s'envoler vers le pétrolier échoué, sur les quais, où il a décidé de passer à l'action.

Mais tandis que Savin s'apprête à sauter à son tour, en parachute, il entend un bruit sourd. L'instant d'après, il se retrouve nez-contre-casque avec… Iron Man !

Le combat fait rage, les rayons pleuvent, et, pendant un temps, Tony prend le dessus. Alors, Savin décide d'enclencher le « plan B ». Utilisant la même technique qu'avec Iron Patriot, il pose ses mains de feu sur l'armure, qui commence à fondre.

Iron Man est en très mauvaise posture, quand soudain une explosion retentit à bord de l'avion, si violente qu'elle sépare les deux hommes. Lorsque Tony relève les yeux, il se rend compte que les passagers sont en train d'être aspirés par une énorme brèche dans la carlingue !

Savin attendra, Tony doit d'abord secourir ces victimes innocentes.

Mais comment les sauver tous ? Il a une idée : il leur demande de former une échelle humaine. Accrochés fermement les uns aux autres, grâce à une légère impulsion électrique envoyée par Jarvis, les passagers ne peuvent plus tomber dans l'océan. Tony n'a plus qu'à les conduire chacun leur tour en lieu sûr.

Mission réussie ! Mais d'autres combats attendent Tony, et son armure, rudement mise à l'épreuve, a besoin d'être réparée. On dirait qu'une fois encore, il va devoir se passer d'elle…

Le soir de Noël est enfin arrivé. C'est une soirée merveilleuse pour tous les enfants, qui attendent avec impatience le passage de l'homme en rouge. Pourtant, à la télévision, ce n'est pas le père Noël qui apparaît sur toutes les chaînes en même temps. C'est le Mandarin !

Il annonce au peuple américain qu'en ce 25 décembre, le président sera anéanti

dans un costume métallique aux couleurs des États-Unis !

Prisonnier de l'armure d'Iron Patriot, le président Ellis est enchaîné et suspendu à une douzaine de mètres au-dessus du pétrolier. La suite du plan est machiavélique : couper les chaînes qui le maintiennent, pour qu'il tombe en contrebas sur des barils de pétrole en feu…

Pour Rhodey et Tony, il y a urgence !

Posté sur les quais, Rhodey observe le pétrolier géant. Il relève le nombre de gardes, les issues possibles, et les endroits où se cacher en cas de besoin. Dès l'arrivée de Tony, les deux amis décident de monter discrètement à bord, en utilisant les amarres… Chacun sa mission : Tony se chargera de Savin, tandis que Rhodey mettra le président à l'abri.

Mais un « comité d'accueil », tout sauf amical, les attend de pied ferme : les gardes Extremis ! En sentant qu'ils perdent la bataille, les deux héros enflamment quelques barils, espérant se débarrasser de leurs assaillants. Peine perdue ! Pris dans le mur de feu, les gardes se régénèrent aussitôt !

Tony et Rhodey auraient bien besoin de renforts. Et justement, en voilà qui débarquent… droit du ciel : les armures de Tony ! La trentaine d'armures vrombissantes encercle le pétrolier et descend en formation, sous les yeux sidérés des gardes. Maintenant, un combat plus équitable peut commencer !

— Alors, qu'est-ce que vous attendez ? hurle Tony. C'est Noël, emmenez-les à l'église !

Obéissant instantanément à ce cri de guerre, les armures lancent l'assaut ! L'armure de plongée entraîne un garde dans les flots, pendant qu'Igor, l'armure surpuissante, se débarrasse de trois d'entre eux à la fois ! L'armure que Tony a surnommée le « Rouget » utilise quant à elle ses griffes en forme de pinces pour attraper l'ennemi.

En résumé, chacune des armures utilise ses capacités particulières pour combattre les gardes Extremis. Des rayons répulseurs, des mini-missiles, des faisceaux d'énergie Extremis et des tirs de balles fusent de toutes parts, dans un concert d'explosions.

Pendant ce temps, Rhodey grimpe au secours du président. C'est une ascension périlleuse, mais il est bien décidé à le sauver. Et s'il doit jouer à Tarzan en se balançant au bout d'une chaîne pour y arriver, il le fera !

Sur le pont principal, Tony continue de se battre sans relâche contre les gardes, soutenu par ses armures. À chaque ennemi qui tombe, Tony se rapproche un peu plus de Pepper. Mais c'est le moment que choisit Brandt pour l'attaquer. Et elle n'a plus rien de la ravissante jeune femme rencontrée devant un bar, à Rose Hill ! À cet instant, sur le pont du bateau, Brandt est devenue une véritable machine à tuer, animée par un seul but : détruire Tony Stark !

Aucun moyen de lui échapper, ni aucun endroit pour se cacher. Tony est fichu !

Brandt se rue sur lui et le soulève d'une seule main, tandis que son autre paume palpite sous l'effet d'une redoutable énergie.

Mais soudain, quelque chose, ou plutôt quelqu'un, empêche l'agent d'A.I.M. d'aller au bout de son attaque. Pepper ! Tony la regarde, éperdu de bonheur et de reconnaissance.

Pas le temps pour les effusions cependant, car Brandt est déjà sur pieds. Sans attendre, Pepper ramasse un gant provenant d'une armure détruite et tire. Le rayon répulseur envoie Brandt par-dessus bord, et pour de bon, au fond de l'océan !

Au-dessus de Pepper et Tony, Rhodey a quant à lui accompli sa mission. Le président est sain et sauf, et l'armure d'Iron Patriot a retrouvé son propriétaire ! Deux réussites pour le prix d'une.

Sur le navire, Tony et « son armée » progressent peu à peu. Tony sait parfaitement que, s'il veut remporter la bataille, il doit d'abord supprimer Savin. Sans leur chef, les gardes Extremis abdiqueront.

Mais quand Tony fait face à Savin, le duel se révèle très vite inégal. Esquivant les tirs comme il le peut, le héros essaye de gagner du temps, en attendant l'arrivée de son armure Mark XLII qu'il a appelée à la rescousse ! Hélas, lorsqu'elle se montre, Tony a tout juste le temps de constater qu'elle a été endommagée.

Cerné par les gardes, privé de sa protection métallique, Tony doit affronter un Savin plus puissant que jamais. Car, comme si ses pouvoirs ne suffisaient pas, Savin a endossé l'armure d'Iron Man !

Et il avance implacablement vers Tony, s'amusant de le voir plonger derrière une sorte de conteneur. Ce qu'il ignore, c'est que Tony a un plan.

— Explose l'armure ! crie Tony.

Avant que Savin n'ait eu le temps de réaliser ce qui lui arrive, Jarvis réagit et enclenche le système d'autodestruction de l'armure. Elle est aussitôt réduite en poussière, et Savin, piégé, subit le même sort…

Une fois le nuage de fumée dissipé, Tony jette un coup d'œil aux alentours. Des gardes Extremis sont éparpillés sur le pont. D'autres, bras levés, se rendent sans discuter. Le sol est jonché de morceaux des diverses armures d'Iron Man. Aucune d'entre elles ne s'en est sortie indemne. Et pourtant, une seule chose compte vraiment : la victoire des « gentils » contre les « méchants ».

Qui a dit que les miracles de Noël n'existaient pas ?

Oh bien sûr, Tony n'a pas capturé le Mandarin, pas plus qu'Aldrich Killian, et d'autres rudes combats sont encore à venir. Mais aujourd'hui, il a sauvé ses amis. Et avec ou sans son armure, il a finalement compris qui il était : Tony Stark.

Tandis qu'Happy Hogan se rétablit au fil des jours, le Mandarin, lui, n'a pas fini de grincer des dents ! Terré dans son repaire secret, et grâce à des caméras installées sur le pétrolier, il a assisté au désastre. Et il fulmine ! Clairement, il a sous-estimé Tony, mais c'est une erreur qu'il ne reproduira pas. Qu'importe le temps que cela prendra, le Mandarin jure de se venger !

C'est le soir du réveillon du jour de l'an, à Rose Hill. Quand Harley va chercher un outil dans le hangar de son père, il croit rêver ! Disparus la porte délabrée, le vieil établi sale et les outils rouillés !

L'intérieur est flambant neuf, et équipé d'ordinateurs dernier cri. Harley sourit jusqu'aux oreilles. Définitivement, Tony Stark est son héros !

FIN

RETROUVE LES HISTOIRES EXTRAORDINAIRES D'IRON MAN EN BIBLIOTÈQUE VERTE

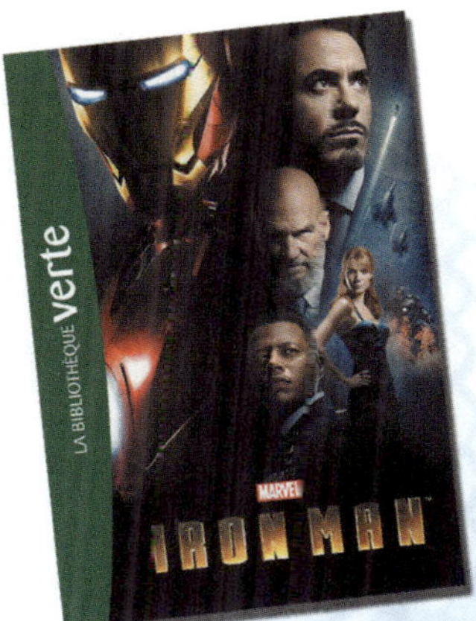

Le roman du film 1

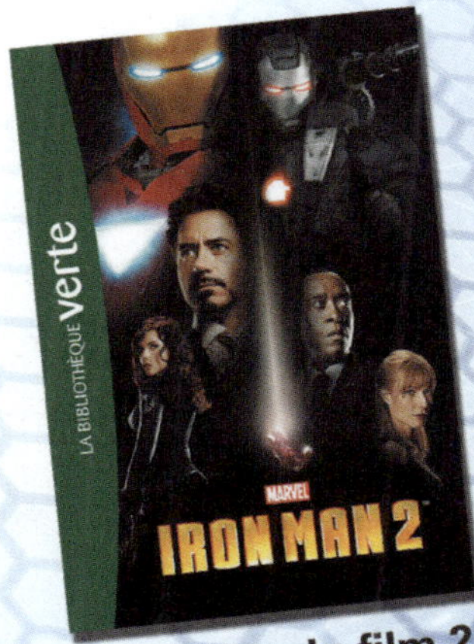

Le roman du film 2

Pour tout savoir sur tes héros préférés, fonce sur le site
www.bibliotheque-verte.com

Publicité

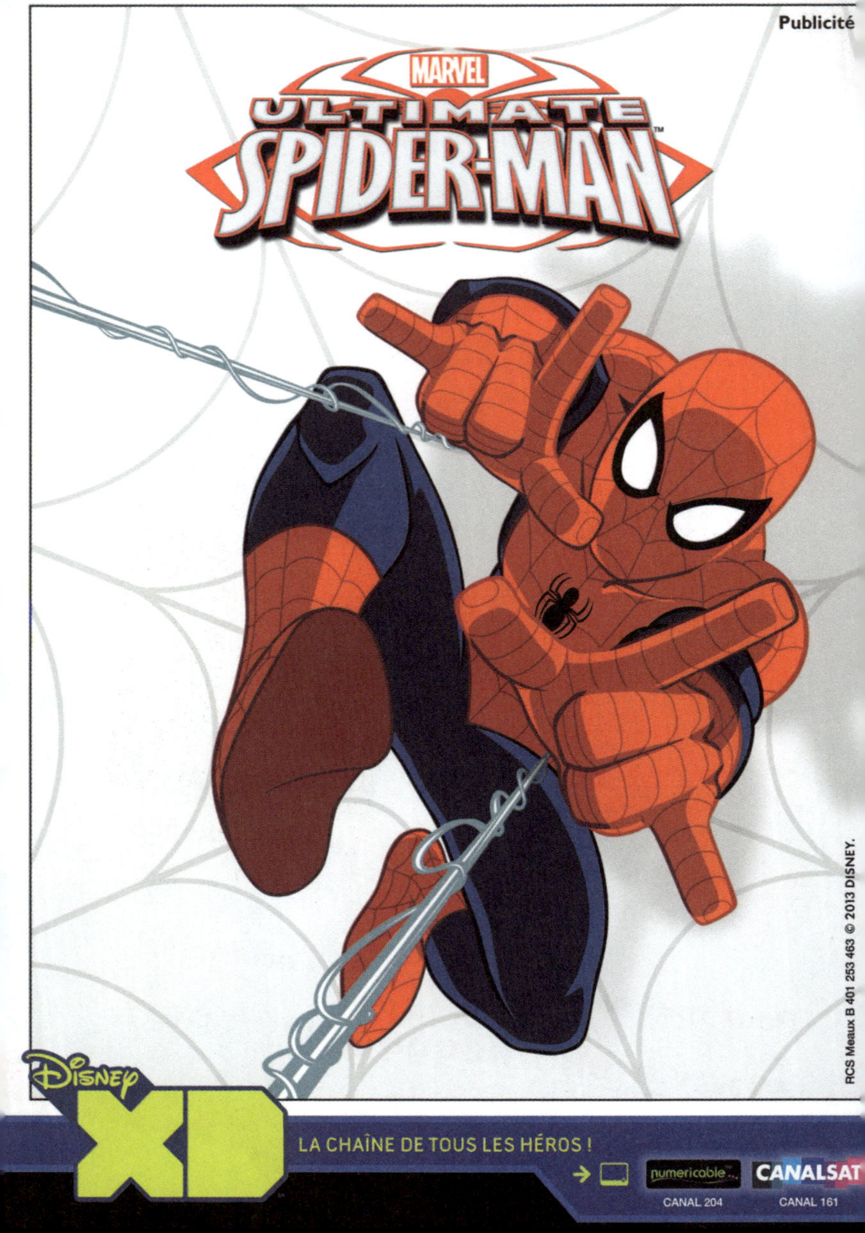
MARVEL
ULTIMATE
SPIDER-MAN
Disney XD
LA CHAÎNE DE TOUS LES HÉROS !
numericable
CANAL 204
CANALSAT
CANAL 161
RCS Meaux B 401 253 463 © 2013 DISNEY.

TABLE

PAPIER À BASE DE FIBRES CERTIFIÉES

hachette s'engage pour l'environnement en réduisant l'empreinte carbone de ses livres. Celle de cet exemplaire est de :
500 g éq. CO_2
Rendez-vous sur
www.hachette-durable.fr

Photogravure **Nord Compo** - Villeneuve d'Ascq

Imprimé en Roumanie par G. Canale & C. S.A.
Dépôt légal : avril 2013
Achevé d'imprimer : avril 2013
20.3677.0/01 – ISBN 978-2-01-203677-2
Loi n° 49956 du 16 juillet 1949
sur les publications destinées à la jeunesse